Miguel de Cervantes Saavedra

Las dos doncellas

Barcelona **2024**
Linkgua-ediciones.com

Créditos

Título original: Novela de las dos doncellas.

© 2024, Red ediciones S.L.

e-mail: info@Linkgua-ediciones.com

Diseño de cubierta: Michel Mallard.

ISBN rústica: 978-84-9816-379-7.
ISBN ebook: 978-84-9953-280-6.

Sumario

Brevísima presentación

La vida

Miguel de Cervantes Saavedra (Alcalá de Henares, 1547-Madrid, 1616). España.

Era hijo de un cirujano, Rodrigo Cervantes, y de Leonor de Cortina. Se sabe muy poco de su infancia y adolescencia. Aunque se ha confirmado que era el cuarto entre siete hermanos. Las primeras noticias que se tienen de Cervantes son de su etapa de estudiante, en Madrid.

A los veintidós años se fue a Italia, para acompañar al cardenal Acquaviva. En 1571 participó en la batalla de Lepanto, donde sufrió heridas en el pecho y la mano izquierda. Y aunque su brazo quedó inutilizado, combatió después en Corfú, Ambarino y Túnez.

En 1584 se casó con Catalina de Palacios, no fue un matrimonio afortunado. Tres años más tarde, en 1587, se trasladó a Sevilla y fue comisario de abastos. En esa ciudad sufrió cárcel varias veces por sus problemas económicos. y hacia 1603 o 1604 se fue a Valladolid, allí también fue a prisión, esta vez acusado de un asesinato. Desde 1606, tras la publicación del Quijote, fue reconocido como un escritor famoso y vivió en Madrid.

Aquí se narra una serie de amores y aventuras, disfraces y casualidades, engaños y reparaciones entre gente de la nobleza. Los engaños de las doncellas Teodosia y Leocadia componen una intriga con temas pastoriles y técnicas de la novela bizantina. Ellas, disfrazadas de hombres (recurso muy utilizado en las novelas y el teatro de la época), van tras sus amores hasta que consiguen contraer matrimonio con ellos.

Las dos doncellas

Cinco leguas de la ciudad de Sevilla está un lugar que se llama Castilblanco, y en uno de muchos mesones que tiene, a la hora que anochecía, entró un caminante sobre un hermoso cuartago extranjero. No traía criado alguno, y sin esperar que le tuviesen el estribo, se arrojó de la silla con gran ligereza. Acudió luego el huésped (que era hombre diligente, y de recado) mas no fue tan presto que no estuviese ya el caminante sentado en un poyo que en el portal había, desabrochándose muy aprisa los botones del pecho, y luego dejó caer los brazos a una y a otra parte dando manifiesto indicio de desmayarse. La huéspeda, que era caritativa, se llegó a él y rociándole con agua el rostro le hizo volver en su acuerdo; y él, dando muestras que le había pesado de que así le hubiesen visto, se volvió a abrochar, pidiendo que le diesen luego un aposento donde se recogiese; y que si fuese posible, fuese solo. Díjole la huéspeda que no había más de uno en toda la casa y que tenía dos camas, y que era forzoso, si algún huésped acudiese, acomodarle en la una. A lo cual respondió el caminante que él pagaría los dos lechos, viniese o no huésped alguno. Y sacando un escudo de oro se le dio a la huéspeda, con condición que a nadie diese el lecho vacío. No se descontentó la huéspeda de la paga, antes se ofreció de hacer lo que le pedía aunque el mismo Deán de Sevilla llegase aquella noche a su casa. Preguntóle si quería cenar y respondió que no, mas que solo quería que se tuviese gran cuidado con su cuartago. Pidió la llave del aposento, y llevando consigo unas bolsas grandes de cuero se entró en él y cerró tras sí la puerta con llave, y aun (a lo que después pareció) arrimó a ella dos sillas.

Apenas se hubo encerrado cuando se juntaron a consejo el huésped y la huéspeda, y el mozo que daba la cebada, y otros dos vecinos que acaso allí se hallaron, y todos trataron de la grande hermosura y gallarda disposición del nuevo huésped, concluyendo que jamás tal belleza habían visto. Tanteáronle la edad y se resolvieron que tendría de dieciséis a diecisiete años. Fueron y vinieron, y dieron y tomaron (como suele decirse) sobre qué podía haber sido la causa del desmayo que le dio; pero como no la alcanzaron, quedáronse con la admiración y su gentileza. Fuéronse los vecinos a sus casas y el huésped a pensar el cuartago y la huéspeda a aderezar algo de cenar, por si otros huéspedes viniesen; y no tardó mucho, cuando entró otro de poca más edad que el primero, y no de menos gallardía; y apenas le hubo visto la huéspeda, cuando dijo:

—¡Válame Dios! y ¿qué es esto? ¿vienen por ventura esta noche a posar ángeles a mi casa?

—¿Por qué dice eso la señora huéspeda? —dijo el caballero.

—No lo digo por nada, señor —respondió la mesonera—, solo digo que vuesa merced no se apee porque no tengo cama que darle, que dos que tenía las ha tomado un caballero que está en aquel aposento, y me las ha pagado entrambos aunque no había menester más de la una sola, porque nadie le entre en el aposento, y es que debe de gustar de la soledad; y en Dios y en mi ánima que no sé yo por qué, que no tiene él cara ni disposición para esconderse sino para que todo el mundo le vea y le bendiga.

—¿Tan lindo es, señora huéspeda? —replicó el caballero.

—Y ¡cómo si es lindo —dijo ella—, y aún más que relindo!

—Ten aquí, mozo —dijo a esta sazón el caballero—, que aunque duerma en el suelo, tengo de ver hombre tan alabado.

Y dando el estribo a un mozo de mulas que con él venía, se apeó e hizo que le diesen luego de cenar, y así fue hecho. Y estando cenando entró un alguacil del pueblo (como de ordinario en los lugares pequeños se usa) y sentóse a conversación con el caballero en tanto que cenaba, y no dejó entre razón y razón de echar abajo tres cubiletes de vino y de roer una pechuga y una cadera de perdiz que le dio el caballero, y todo se lo pagó el alguacil con preguntarle nuevas de la Corte y de las guerras de Flandes y bajada del Turco, no olvidándose de los sucesos del Transilvano, que nuestro Señor guarde. El caballero cenaba y callaba, porque no venía de parte que le pudiese satisfacer a sus preguntas.

Ya en esto había acabado el mesonero de dar recado al cuartago y sentóse a hacer tercio en la conversación y a probar de su mismo vino no menos tragos que el alguacil, y a cada trago que envasaba, volvía y derribaba la cabeza sobre el hombro izquierdo y alababa el vino que le ponía en las nubes, aunque no se atrevía a dejarle mucho en ellas porque no se aguase.

De lance en lance volvieron a las alabanzas del huésped encerrado, y contaron de su desmayo y encerramiento y de que no había querido cenar cosa alguna. Ponderaron el aparato de las bolsas y la bondad del cuartago y del vestido vistoso que de camino traía. Todo lo cual requería no venir sin mozo que le sirviese. Todas estas exageraciones pusieron nuevo deseo de verle y rogó al mesonero hiciese de modo como él entrase a dormir en la otra cama, y le daría un escudo de oro. Y puesto que la codicia del dinero acabó con la voluntad del mesonero de dársela, halló ser imposible a causa que estaba cerrado por de dentro y no se atrevía a despertar al que dentro dormía, y que también tenía pagados los dos lechos. Todos lo cual facilitó el alguacil, diciendo:

—Lo que se podrá hacer es que yo llamaré a la puerta diciendo que soy la justicia, que por mandado del señor alcalde traigo a aposentar a este caballero a este mesón, y que no habiendo otra cama, se le manda dar aquélla; a lo cual ha de replicar el huésped que se le hace agravio, porque ya está alquilada, y no es razón quitarla al que la tiene. Con esto quedará el mesonero disculpado, y vuesa merced conseguirá; su intento.

A todos les pareció bien la traza del alguacil, y por ella le dio el deseoso cuatro reales. Púsose luego por obra; y en resolución, mostrando gran sentimiento el primer huésped abrió a la justicia y el segundo, pidiéndole perdón del agravio que al parecer se le había hecho, se fue a acostar en el lecho desocupado; pero ni el otro le respondió palabra, ni menos se dejó ver el rostro; porque apenas hubo abierto cuando se fue a su cama y, vuelta la cara a la pared, por no responder hizo que dormía. El otro se acostó, esperando cumplir por la mañana su deseo cuando se levantase.

Eran las noches de las perezosas y largas de diciembre, y el frío y el cansancio del camino forzaba a procurar pasarlas con reposo; pero como no le tenía el huésped primero, a poco más de la media noche comenzó a suspirar tan amargamente que con cada suspiro parecía despedírsele el alma, y fue de tal manera que, aunque el segundo dormía, hubo de despertar al lastimero son del que se quejaba. Y admirado de los sollozos con que acompañaba los suspiros, atentamente se puso a escuchar lo que al parecer entre sí murmuraba. Estaba la sala oscura y las camas bien desviadas; pero no por esto dejó de oír entre otras razones éstas, que con voz debilitada y flaca el lastimado huésped primero decía:

—¡Ay sin ventura! ¿adónde me lleva la fuerza incontrastable de mis hados? ¿Qué camino es el mío, o qué salida espero tener del intrincado laberinto donde me hallo? ¡Ay pocos y mal experimentados años, incapaces de toda buena consideración y consejo! ¿Qué fin ha de tener esta no sabida peregrinación mía? ¡Ay honra menospreciada! ¡Ay amor mal agradecido! ¡Ay respetos de honrados padres y parientes atropellados! ¡Y ay de mí una y mil veces, que tan a rienda suelta me dejé llevar de mis deseos! ¡Oh palabras fingidas, que tan de veras me obligasteis a que con obras os respondiese! Pero ¿de quién me quejo, cuitada? ¿Yo no soy la que quise engañarme? ¿No soy yo la que tomó el cuchillo con sus mismas manos, con que corté y eché por tierra mi crédito con el que de mi valor tenían mis ancianos padres? ¡Oh fementido Marco Antonio! ¿cómo es posible que en las dulces palabras que me decías viniese mezclada la hiel de tus descortesías y desdenes? ¿Adónde estás ingrato? ¿Adónde te fuiste, desconocido? Respóndeme, que te hablo; espérame, que te sigo; susténtame, que descaezco; págame, que me debes; socórreme, pues por tantas vías te tengo obligado.

Calló en diciendo esto, dando muestra en los ayes y suspiros que no dejaban los ojos de derramar tiernas lágrimas. Todo lo cual con sosegado silencio estuvo escuchando el segundo huésped, coligiendo por las razones que había oído, que sin duda alguna era mujer la que se quejaba, cosa que le avivó más el deseo de conocella, y estuvo muchas veces determinado de irse a la cama de la que creía ser mujer; y hubiéralo hecho si en aquella sazón no le sintiera levantar; y abriendo la puerta de la sala, dio voces al huésped de casa que le ensillase el cuartago porque quería partirse. A lo cual al cabo de un buen rato, que el mesonero se dejó llamar, le respondió que se sosegase porque aún no era pasada la media noche, y que la oscuridad era tanta que sería temeridad ponerse en camino. Quietóse con esto, y volviendo a cerrar la puerta, se arrojó en la cama de golpe, dando un recio suspiro. Parecióle al que escuchaba que sería bien hablarle y ofrecerle para su remedio lo que de su parte podía, por obligarle con esto a que se descubriese y su lastimera historia le contase, y así le dijo;

—Por cierto, señor gentilhombre, que si los suspiros que habéis dado, y las palabras que habéis dicho no me hubieran movido a condolerme del mal de que os quejáis, entendiera que carecía de natural sentimiento, o que mi alma era de piedra y mi pecho de bronce duro; y si esta compasión que os tengo, y el presupuesto que en mí ha nacido de poner mi vida por vuestro remedio (si es que vuestro mal le tiene) merece alguna cortesía en recompensa, ruégoos que la uséis conmigo, declarándome, sin encubrirme cosa, la causa de vuestro dolor.

—Si él no me hubiera sacado de sentido —respondió el que se quejaba— bien debiera yo de acordarme, que no estaba solo en este aposento, y así hubiera puesto más freno a mi lengua y más tregua a mis suspiros; pero en pago de haberme faltado la memoria, en parte donde tanto me importaba tenerla, quiero hacer lo que me pedís, porque renovando la amarga historia de mis desgracias, podría ser que el nuevo sentimiento me acabase. Mas si queréis que haga lo que me pedís, habéisme de prometer, por la fe que me habéis mostrado en el ofrecimiento que me habéis hecho y por quien vos sois (que a lo que en vuestras palabras mostráis, prometéis mucho) que por cosas que de mí oigáis en lo que os dijere, no os habéis de mover de vuestro lecho, ni venir al mío, ni preguntarme más de aquello que yo quisiere deciros; porque si al contrario desto hiciéredes, en el punto que os sienta mover, con una espada que a la cabecera tengo, me pasaré el pecho.

Esotro (que mil imposibles prometiera, por saber lo que tanto deseaba) le respondió que no saldría un punto de lo que le había pedido, afirmándoselo con mil juramentos.

—Con ese seguro pues —dijo el primero— yo haré lo que hasta ahora no he hecho, que es dar cuenta de mi vida a nadie, y así escuchad. Habéis de saber, señor, que yo que en esta posada entré (como sin duda os habrán dicho) en traje de varón, soy una desdichada doncella, a lo menos una que lo fue no ha ocho días, y lo dejó de ser por inadvertida y loca, y por creerse de palabras compuestas y afeitadas de fementidos hombres. Mi nombre es Teodosia; mi patria un principal lugar desta Andalucía, cuyo nombre callo (porque no os importa a vos tanto el saberlo como a mí el encubrirlo); mis padres son nobles y más que medianamente ricos; los cuales tuvieron un hijo y una hija; él para descanso y honra suya, y ella para todo lo contrario; a él enviaron a estudiar a Salamanca; a mí me tenían en su casa adonde me criaban con el recogimiento y recato que su virtud y nobleza pedían, y yo sin pesadumbre alguna, siempre les fui obediente, ajustando mi voluntad a la suya, sin discrepar un solo punto, hasta que mi suerte menguada, o mi mucha demasía, me ofreció a los ojos un hijo de un vecino nuestro, más rico que mis padres, y tan noble como ellos. La primera vez que le miré, no sentí otra cosa que fuese más de una complacencia de haberle visto, y no fue mucho, porque su gala, gentileza, rostro y costumbres eran de los alabados y estimados del pueblo, con su rara discreción y cortesía. Pero ¿de qué me sirve alabar a mi enemigo, ni ir alargando con razones el suceso tan desgraciado mío o, por mejor decir, el principio de mi locura?

«Digo, en fin, que él me vio una y muchas veces desde una ventana que frontero de otra mía estaba, desde allí (a lo que me pareció) me envió el alma por los ojos, y los míos (con otra manera de contento que el primero) gustaron de miralle, y aun me forzaron a que creyese que eran puras verdades, cuanto en sus ademanes y en su rostro leía. Fue la vista la intercesora y medianera de la habla, la habla de declarar su deseo, su deseo de encender el mío y de dar fe al suyo. Llegóse a todo esto las promesas, los juramentos, las lágrimas, los suspiros, y todo aquello que a mi parecer puede hacer un firme amador para dar a entender la entereza de su voluntad y la firmeza de su pecho, y en mí desdichada (que jamás en semejantes ocasiones y trances me había visto) cada palabra era un tiro de artillería que derribaba parte de la fortaleza de mi honra; cada lágrima era un fuego en que se abrasaba mi honestidad; cada suspiro un furioso viento que el incendio aumentaba, de tal suerte que acabó de consumir la virtud que hasta entonces aún no había sido tocada; y finalmente, con la promesa de ser mi esposo, a pesar de sus padres (que para otra le guardaban), di con todo mi recogimiento en tierra, y sin saber cómo, me entregué en su poder a hurto de mis padres, sin tener otro testigo de mi desatino que un paje de Marco Antonio (que éste es el nombre del inquietador de mi sosiego); y apenas hubo tomado de mí la posesión que quiso, cuando de allí a dos días desapareció del pueblo sin que sus padres ni otra persona alguna supiesen decir ni imaginar dónde había ido. Cual yo quedé, dígalo quien tuviere poder para decirlo que yo no sé, ni supe más de sentillo.

»Castigué mis cabellos, como si ellos tuvieran la culpa de mi yerro; martiricé mi rostro, por parecerme que él había dado toda la ocasión a mi desventura; maldije mi suerte, acusé mi presta determinación; derramé muchas e infinitas lágrimas; vime casi ahogada entre ellas y entre los suspiros que de mi lastimado pecho salían. Quejéme en silencio al cielo; discurrí con la imaginación, por ver si descubría algún camino o senda a mi remedio; y la que hallé fue vestirme en hábito de hombre y ausentarme de la casa de mis padres e irme a buscar a este segundo engañador Eneas, a este cruel y fementido Vireno, a este defraudador de mis buenos pensamientos y legítimas y bien fundadas esperanzas; y así sin ahondar mucho en mis discursos, ofreciéndome la ocasión un vestido de camino de mi hermano y un cuartago de mi padre que yo ensillé, una noche oscurísima me salí de casa con intención de ir a Salamanca donde (según después se dijo) creían que Marco Antonio podía haber venido; porque también es estudiante y camarada del hermano mío que os he dicho. No dejé asimismo de sacar cantidad de dineros en oro para todo aquello que en mi impensado viaje pueda sucederme. Y lo que más me fatiga es que mis padres me han de seguir y hallar, por las señas del vestido y del cuartago que traigo; y cuando esto no tema, temo a mi hermano que está en Salamanca, del cual, si soy conocida, ya se puede entender el peligro en que está puesta mi vida; porque aunque él escuche mis disculpas, el menor punto de su honra pesa a cuantas yo pudiera darle.

»Con todo esto mi principal determinación es (aunque pierda la vida) buscar al desalmado de mi esposo, que no puede negar el serlo sin que le desmientan las prendas que dejó en mi poder, que son una sortija de diamantes con unas cifras que dicen: "Es Marco Antonio esposo de Teodosia". Si le hallo, sabré dél qué halló en mí que tan presto le movió a dejarme, y en resolución, haré que me cumpla la palabra y fe prometida, o le quitaré la vida, mostrándome tan presta a la venganza, como fui fácil al dejar agraviarme; porque la nobleza de la sangre que mis padres me han dado va despertando en mí bríos que me prometen o ya remedio o ya venganza de mi agravio. Esta es, señor caballero, la verdadera y desdichada historia que deseábades saber, la cual será bastante disculpa de los suspiros y palabras, que os despertaron. Lo que os ruego y suplico es que, ya que no podáis darme remedio, a lo menos me deis consejo con que pueda huir los peligros que me contrastan, y templar el temor que tengo de ser hallada, y facilitar los modos que he de usar para conseguir lo que tanto deseo y he menester.»

Un gran espacio de tiempo estuvo sin responder palabra el que había estado escuchando la historia de la enamorada Teodosia y tanto que ella pensó que estaba dormido y que ninguna cosa le había oído; y par a certificarse de lo que sospechaba le dijo:

—¿Dormís, señor? y no sería malo que durmiésedes, porque el apasionado que cuenta sus desdichas, a quien no las siente, bien es que causan en quien las escucha más sueño que lástima.

—No duermo —respondió el caballero—, antes estoy tan despierto y siento tanto vuestra desventura que no sé si diga que en el mismo grado me aprieta y duele que a vos misma, y por esta causa el consejo que me pedís, no solo ha de parar en aconsejaros, sino en ayudaros con todo aquello que mis fuerzas alcanzaren; que puesto que en el modo que habéis tenido en contarme vuestro suceso, se ha mostrado el raro entendimiento de que sois dotado, y que conforme a esto os debió de engañar más vuestra voluntad rendida que las persuasiones de Marco Antonio, toda vía quiero tomar por disculpa de vuestro yerro vuestros pocos años, en los cuales no cabe tener experiencia de los muchos engaños de los hombres. Sosegad, señora, y dormid (si podéis) lo poco que debe de quedar de la noche, que en viniendo el día nos aconsejaremos los dos y veremos qué salida se podrá dar a vuestro remedio.

Agradeciéselo Teodosia lo mejor que supo y procuró reposar un rato por dar lugar a que el caballero durmiese, el cual no fue posible sosegar un punto, antes comenzó a volcarse por la cama y a suspirar de manera que le fue forzoso a Teodosia preguntarle qué era lo que sentía, que si era alguna pasión a quien ella pudiese remediar lo haría con la voluntad misma que él a ella se le había ofrecido. A esto respondió el caballero:

—Puesto que sois vos, señora, la que causa el desasosiego que en mí habéis sentido, no sois vos la que podáis remedialle que a serlo, no tuviera yo pena alguna.

No pudo entender Teodosia adónde se encaminaban aquellas confusas razones; pero toda vía sospechó que alguna pasión amorosa le fatigaba, y aun pensó ser ella la causa, y era de sospechar y de pensar, pues la comodidad del aposento, la soledad y la oscuridad y el saber que era mujer no fuera mucho haber despertado en él algún mal pensamiento. Y temerosa desto se vistió con grande prisa, y con mucho silencio, y se ciñó su espada y daga, y de aquella manera, sentada sobre la cama estuvo esperando el día, que de allí a poco espacio dio señal de su venida con la luz que entraba por los muchos lugares y entradas que tienen los aposentos de los mesones y ventas. Y lo mismo que Teodosia había hecho el caballero, y apenas vio estrellado el aposento con la luz del día, cuando se levantó de la cama, diciendo:

—Levantaos, señora Teodosia, que yo quiero acompañaros en esta jornada, y no dejaros de mi lado hasta que como legítimo esposo tengáis en el vuestro a Marco Antonio o que él o yo perdamos las vidas, y aquí veréis la obligación y voluntad en que me he puesto vuestra desgracia —y diciendo esto abrió las ventanas y puertas del aposento.

Estaba Teodosia deseando ver la claridad, para ver con la luz que talle y parecer tenía aquel con quien había estado hablando toda la noche; mas cuando le miró y le conoció, quisiera que jamás hubiera amanecido, sino que allí en perpetua noche se le hubieran cerrado los ojos; porque apenas hubo el caballero vuelto los ojos a mirarla (que también deseaba verla), cuando ella conoció que era su hermano de quien tanto se temía, a cuya vista casi perdió la de sus ojos, y quedó suspensa y muda y sin color en el rostro; pero sacando del temor esfuerzo y del peligro discreción, echando mano a la daga, la tomó por la punta y se fue a hincar de rodillas delante de su hermano, diciendo con voz turbada y temerosa:

—Toma, señor y querido hermano mío, y haz con este hierro el castigo del que he cometido, satisfaciendo tu enojo, que para tan grande culpa como la mía, no es bien que ninguna misericordia me valga; yo confieso mi pecado y no quiero que me sirva de disculpa mi arrepentimiento; solo te suplico que la pena sea de suerte que se extienda a quitarme la vida, y no la honra que puesto que yo la he puesto en manifiesto peligro, ausentándome de casa de mis padres, toda vía quedará en opinión si el castigo que me dieres fuere secreto.

Mirábala su hermano y aunque la soltura de su atrevimiento le incitaba a la venganza, las palabras tan tiernas y tan eficaces, con que manifestaba su culpa, le ablandaron de tal suerte las entrañas que con rostro agradable y semblante pacífico la levantó del suelo y la consoló lo mejor que pudo y supo, diciéndole entre otras razones que por no hallar castigo igual a su locura, le suspendía por entonces; y así por esto, como por parecerle que aún no había cerrado la fortuna de todo en todo las puertas a su remedio, quería antes procurársele por todas las vías posibles que no tomar venganza del agravio que de mucha liviandad en él redundaba. Con estas razones volvió Teodosia a cobrar los perdidos espíritus; tornó la color a su rostro y revivieron sus casi muertas esperanzas. No quiso más don Rafael (que así se llamaba su hermano) tratarle de su suceso; solo le dijo que mudase el nombre de Teodosia en Teodoro, y que diesen luego la vuelta a Salamanca los dos juntos a buscar a Marco Antonio, puesto que él imaginaba que no estaba en ella; porque siendo su camarada, le hubiera hablado, aunque podía ser que el agravio que le había hecho le enmudeciese y le quitase la gana de verle. Remitióse el nuevo Teodoro a lo que su hermano quiso. Entró en esto el huésped, al cual ordenaron que les diese algo de almorzar porque querían partirse luego.

Entre tanto que el mozo de mulas ensillaba y el almuerzo venía, entró en el mesón un hidalgo, que venía de camino, que de don Rafael fue conocido luego. Conocíale también Teodoro y no osó salir del aposento por no ser visto. Abrazáronse los dos y preguntó don Rafael al recién venido qué nuevas había en su lugar. A lo cual respondió que él venía del puerto de Santa María, a donde dejaba cuatro galeras de partida para Nápoles y que en ellas había visto embarcado a Marco Antonio Adorno, el hijo de don Leonardo Adorno, con las cuales nuevas se holgó don Rafael, pareciéndole que pues tan sin pensar había sabido nuevas de lo que tanto le importaba, era señal que tendría buen fin su suceso. Rogóle a su amigo que trocase con el cuartago de su padre (que él muy bien conocía) la mula que él traía, no diciéndole que venía sino que iba a Salamanca, y que no quería llevar tan buen cuartago en tan largo camino. El otro, que era comedido y amigo suyo, se contentó del trueco y se encargó de dar el cuartago a su padre.

Almorzaron juntos, y Teodoro solo, y llegado el punto de partirse, el amigo tomó el camino de Cazalla, donde tenía una rica heredad. No partió don Rafael con él, que por hurtarle el cuerpo, le dijo que le convenía volver aquel día a Sevilla; y así como le vio ido, estando en orden las cabalgaduras, hecha la cuenta y pagado al huésped, diciendo: «A Dios», se salieron de la posada, dejando admirados a cuantos en ella quedaban de su hermosura y gentil disposición, que no tenía para hombre menor gracia, brío y compostura don Rafael que su hermana belleza y donaire. Luego en saliendo contó don Rafael a su hermana las nuevas que de Marco Antonio le habían dado, y que le parecía que con la diligencia posible caminasen la vuelta de Barcelona, donde de ordinario suelen parar algún día las galeras que pasan a Italia o vienen a España. Y que si no hubiesen llegado, podían esperarlas, y allí sin duda hallarían a Marco Antonio. Su hermana le dijo que hiciese todo aquello que mejor le pareciese, porque ella no tenía más voluntad que la suya.

Dijo don Rafael al mozo de mulas que consigo llevaba que tuviese paciencia porque le convenía pasar a Barcelona, asegurándole la paga a todo su contento, del tiempo que con él anduviese. El mozo, que era de los alegres del oficio y que conocía que don Rafael era liberal, respondió que hasta el cabo del mundo le acompañaría y serviría. Preguntó don Rafael a su hermana qué dineros llevaba; respondió que no los tenía contados y que no sabía más de que en el escritorio de su padre había metido la mano siete u ocho veces, y sacádola llena de escudos de oro y según aquello, imaginó don Rafael que podía llevar hasta quinientos escudos, que con otros doscientos que él tenía y una cadena de oro que llevaba, le pareció no ir muy desacomodado; y más persuadiéndose que había de hallar en Barcelona a Marco Antonio.

Con esto se dieron prisa a caminar sin perder jornada y sin acaecerles desmán o impedimento alguno, llegaron a dos leguas de un lugar que está nueve de Barcelona, que se llama Igualada. Habían sabido en el camino cómo un caballero que pasaba por Embajador a Roma estaba en Barcelona esperando las galeras, que aún no habían llegado. Nueva que les dio mucho contento. Con este gusto caminaron hasta entrar en un bosquecillo que en el camino estaba, del cual vieron salir un hombre corriendo y mirando atrás como espantado. Púsosele don Rafael delante, diciéndole:

—¿Por qué huís, buen hombre, o qué cosa os ha acontecido que con muestras de tanto miedo os hace parecer tan ligero?

—¿No queréis que corra aprisa y con miedo —respondió el hombre— si por milagro me he escapado de una compañía de bandoleros que queda en ese bosque?

—Malo —dijo el mozo de mulas—, malo ¡vive Dios! bandoleritos a estas horas, ¡para mi santiguada, que ellos nos pongan como nuevos!

—No os congojéis, hermano —replicó el del bosque—, que ya los bandoleros se han ido y han dejado atados a los árboles deste bosque más de treinta pasajeros, dejándolos en camisa: a solo un hombre dejaron libre para que desatase a los demás después que ellos hubiesen traspuesto una montañuela que le dieron por señal.

—Si eso es —dijo Calvete (que así se llamaba el mozo de mulas)—, seguros podemos pasar, a causa que al lugar donde los bandoleros hacen el salto no vuelven por algunos días, y puedo asegurar esto como aquel que ha dado dos veces en sus manos y sabe de molde su usanza y costumbres.

—Así es —dijo el hombre.

Lo cual oído por don Rafael, determinó pasar adelante. Y no anduvieron mucho cuando dieron en los atados, que pasaban de cuarenta, que los estaba desatando el que dejaron suelto. Era extraño espectáculo el verlos, unos desnudos del todo, otros vestidos con los vestidos astrosos de los bandoleros; unos llorando de verse robados, otros riendo de ver los extraños trajes de los otros; éste contaba por menudo lo que le llevaban; aquél decía que le pesaba más de una caja de Agnus que de Roma traía, que de otras infinitas cosas que llevaban. En fin, todo cuanto allí pasaba eran llanto y gemidos de los miserables despojados. Todo lo cual miraban, no sin mucho dolor los dos hermanos, dando gracias al cielo que de tan grande y tan cercano peligro los había librado. Pero lo que más compasión les puso (especialmente a Teodoro) fue ver al tronco de una encina atado un muchacho de edad al parecer de dieciséis años, con sola la camisa y unos calzones de lienzo; pero tan hermoso de rostro que forzaba y movía a todos que le mirasen. Apeóse Teodoro a desatarle y él le agradeció con muy corteses razones el beneficio; y por hacérsele mayor, pidió a Calvete el mozo de mulas le prestase su capa hasta que en el primer lugar comprasen otra para aquel gentil mancebo. Diola Calvete, y Teodoro cubrió con ella al mozo, preguntándole de dónde era, de dónde venía y adónde caminaba.

A todo esto estaba presente don Rafael, y el mozo respondió que era del Andalucía y de un lugar que, en nombrándole, vieron que no distaba del suyo, sino dos leguas. Dijo que venía de Sevilla y que su designio era pasar a Italia a probar ventura en el ejercicio de las armas, como otros muchos españoles acostumbraban, pero que la suerte suya había salido azar con el mal encuentro de los bandoleros, que le llevaban una buena cantidad de dineros y tales vestidos que no se compraran tan buenos con trescientos escudos; pero que con todo eso pensaba proseguir su camino porque no venía de casta que se le había de helar al primer mal suceso el calor de su fervoroso deseo. Las buenas razones del mozo (junto con haber oído que era tan cerca de su lugar, y más con la carta de recomendación que en su hermosura traía) pusieron voluntad en los dos hermanos de favorecerle en cuanto pudiesen. Y repartiendo entre los que más necesidad, a su parecer tenían, algunos dineros, especialmente entre frailes y clérigos, que había más de ocho.

Hicieron que subiese el mancebo en la mula de Calvete y, sin detenerse más, en poco espacio se pusieron en Igualada, donde supieron que las galeras el día antes habían llegado a Barcelona, y que de allí a dos días se partirían si antes no les forzaba la poca seguridad de la playa. Estas nuevas hicieron que la mañana siguiente madrugasen antes que el Sol, puesto que aquella noche no la durmieron toda, sino con más sobresalto de los dos hermanos que ellos se pensaron, causado de que estando a la mesa, y con ellos el mancebo que habían desatado, Teodoro puso ahincadamente los ojos en su rostro, y mirándole algo curiosamente, le pareció que tenía las orejas horadadas; y en esto y en un mirar vergonzoso que tenía, sospechó que debía de ser mujer, y deseaba acabar de cenar para certificarse a solas de su sospecha; y entre la cena le preguntó don Rafael, que cuyo hijo era, porque él conocía toda la gente principal de su lugar (si era aquel que había dicho). A lo cual respondió el mancebo que era hijo de don Enrique de Cárdenas, caballero bien conocido. A esto dijo don Rafael que él conocía bien a don Enrique de Cárdenas; pero que sabía y tenía por cierto que no tenía hijo alguno, mas que si lo había dicho por no descubrir sus padres que no importaba y que nunca más se lo preguntaría.

—Verdad es —replicó el mozo— que don Enrique no tiene hijos, pero tiénelos un hermano suyo que se llama don Sancho.

—Ése tampoco —respondió don Rafael— tiene hijos sino una hija sola, y aun dicen que es de las más hermosas doncellas que hay en la Andalucía; y esto no lo sé, más de por fama; que aunque muchas veces he estado en su lugar jamás la he visto.

—Todo lo que señor decís es verdad —respondió el mancebo— que don Sancho no tiene más de una hija, pero no tan hermosa como su fama dice; y si yo dije que era hijo de don Enrique, fue porque me tuviésedes, señores, el algo, pues no lo soy sino de un mayordomo de don Sancho que hace muchos años que le sirve, y yo nací en su casa. Y por cierto enojo que di a mi padre, habiéndole tomado buena cantidad de dineros, quise venirme a Italia, como os he dicho, y seguir el camino de la guerra, por quien vienen, según he visto, a hacerse ilustres aun los de oscuro linaje.

Todas estas razones y el modo con que las decía notaba atentamente Teodoro y siempre se iba confirmando en su sospecha. Acabóse la cena, alzaron los manteles, y en tanto que don Rafael se desnudaba, habiéndole dicho lo que del mancebo sospechaba, con su parecer y licencia, se apartó con el mancebo a un balcón de una ancha ventana que a la calle salía y, en él, puestos los dos de pechos Teodoro así comenzó a hablar con el mozo:

—Quisiera, don Francisco (que así había dicho él que se llamaba) haberos hecho tantas buenas obras que os obligaran a no negarme cualquiera cosa que pudiera o quisiera pediros; pero el poco tiempo que ha que os conozco no ha dado lugar a ello; podría ser que en el que está por venir, conociésedes lo que merece mi deseo; y si al que ahora tengo no gustáredes de satisfacer, no por eso dejaré de ser vuestro servidor, como lo soy también, que antes que os le descubra sepáis que aunque tengo tan pocos años como los vuestros, tengo más experiencia de las cosas del mundo que ellos prometen, pues con ello he venido a sospechar que vos no sois varón, como vuestro traje lo muestra sino mujer, y tan bien nacida como vuestra hermosura publica; y quizá tan desdichada como lo da a entender la mudanza del traje (pues jamás tales mudanzas son por bien de quien las hace). Si es verdad lo que sospecho, decídmelo que os juro por la fe de caballero que profeso, de ayudaros y serviros en todo aquello que pudiere. De que no seáis mujer, no me lo podéis negar, pues por las ventanas de vuestras orejas se ve esta verdad bien clara; y habéis andado descuidada en no cerrar y disimular esos agujeros con alguna cera encarnada, que pudiera ser que otro tan curioso como yo, y no tan honrado, sacara a luz lo que vos tan mal habéis sabido encubrir. Digo que no dudéis de decirme quién sois, con presupuesto que os ofrezco mi ayuda, yo os aseguro el secreto que quisiéredes que tenga.

Con grande atención estaba el mancebo escuchando lo que Teodoro le decía; y viendo que ya callaba, antes que le respondiese palabra, le tomó las manos, y llegándoselas a la boca, se las besó por fuerza y aun se las bañó con gran cantidad de lágrimas que de sus hermosos ojos derramaba, cuyo extraño sentimiento le causó en Teodoro, de manera que no pudo dejar de acompañarle en ellas (propia y natural condición de mujeres principales enternecerse de los sentimientos y trabajos ajenos) pero después que con dificultad retiró sus manos de la boca del mancebo, estuvo atenta a ver lo que le respondía, el cual dando un profundo gemido, acompañado de muchos suspiros, dijo:

—No quiero, ni puedo negaros, señor, que vuestra sospecha no haya sido verdadera; mujer soy, y la más desdichada que echaron al mundo las mujeres; y pues las obras que me habéis hecho, y los ofrecimientos que me hacéis me obligan a obedeceros en cuanto me mandáredes, escuchad, que yo os diré quién soy (si ya no os cansa oír ajenas desventuras).

—En ellas viva yo siempre —replicó Teodoro— si no llegue el gusto de saberlas, a la pena que me darán el ser vuestras, que yo las voy sintiendo como propias mías.

Y tornándole a abrazar y a hacer nuevos y verdaderos ofrecimientos, el mancebo (algo más sosegado) comenzó a decir estas razones:

—En lo que toca a mi patria la verdad he dicho; en lo que toca a mis padres no la dije; porque don Enrique no lo es, sino mi tío, y su hermano don Sancho mi padre, que yo soy la hija desventurada que vuestro hermano dice que don Sancho tiene tan celebrada de hermosa, cuyo engaño y desengaño se echa de ver en la ninguna hermosura que tengo. Mi nombre es Leocadia; la ocasión de la mudanza de mi traje oiréis ahora. Dos leguas de mi lugar está otro de los más ricos y nobles de la Andalucía, en el cual vive un principal caballero, que trae su origen de los nobles y antiguos Adornos de Génova. Éste tiene un hijo (que si no es que la fama se adelanta en sus alabanzas, como en las mías) es de los gentiles hombres que desearse pueden. Éste pues, así por la vecindad de los lugares, como por ser aficionado al ejercicio de la caza, como mi padre, algunas veces venía a mi casa, y en ella se estaba cinco o seis días que todos, y aun parte de las noches, él y mi padre las pasaban en el campo. Desta ocasión tomó la fortuna, o el amor o mi poca advertencia, la que fue bastante para derribarme de la alteza de mis buenos pensamientos a la bajeza del estado en que me veo. Pues habiendo mirado (más de aquello que fuera lícito a una recatada doncella) la gentileza y discreción de Marco Antonio, y considerado la calidad de su linaje y la mucha cantidad de los bienes que llaman de fortuna que su padre tenía, me pareció que si le alcanzaba por esposo, era toda la felicidad que podía caber en mi deseo. Con este pensamiento, le comencé a mirar con más cuidado, y debió de ser sin duda con más descuido, pues él vino a caer en que yo le miraba; y no quiso, ni le fue menester al traidor, otra entrada para entrarse en el secreto de mi pecho y robarme las mejores prendas de mi alma. Mas no sé para qué me pongo a contaros, señor, punto por punto las menudencias de mis amores (pues hacen tan poco al caso) sino deciros de una vez lo que él con muchas de solicitud granjeó conmigo, que fue que habiéndome dado su fe y palabra debajo de grandes y a mi parecer firmes y cristianos juramentos de ser mi esposo, me ofrecí a que hiciese de mí todo lo que quisiese; pero aun no bien satisfecha de sus juramentos y palabras, porque no se las llevase el viento hice que las escribiese en una cédula que él me dio firmada de su nombre, con tantas circunstancias y fuerzas escrita que me satisfizo. Recibida la cédula, di traza como una noche viniese de su lugar al mío y entrase por las paredes de un jardín a mi aposento donde sin sobresalto alguno podía coger el fruto que para él solo estaba destinado. Llegóse en fin la noche por mí tan deseada.

Hasta este punto había estado callando Teodoro teniendo pendiente el alma de las palabras de Leocadia, que con cada una dellas le traspasaba el alma, especialmente cuando oyó el nombre de Marco Antonio y vio la peregrina hermosura de Leocadia y consideró la grandeza de su valor con la de su rara discreción, que bien lo mostraba en el modo de contar su historia. Mas cuando llegó a decir: «Llegó la noche por mí tan deseada», estuvo por perder la paciencia, y sin poder hacer otra cosa, le salteó la razón diciendo:

—Y ¿bien? así como llegó esa felicísima noche, ¿qué hizo?, ¿entró por dicha?, ¿gozástesle?, ¿confirmó de nuevo la cédula?, ¿quedó contento en haber alcanzado de vos lo que decís que era suyo?, ¿súpolo vuestro padre?, o ¿en qué pararon tan honestos y sabios principios?

—Pararon —dijo Leocadia— en ponerme de la manera que veis, porque no le gocé, ni me gozó, ni vino al concierto señalado.

Respiró con estas razones Teodosia, y detuvo los espíritus que poco a poco la iban dejando, estimulados y apretados de la rabiosa pestilencia de los celos, que a más andar se le iban entrando por los huesos y médulas, para tomar entera posesión de su paciencia, mas no la dejó tan libre que no volviese a escuchar con sobresalto lo que Leocadia prosiguió, diciendo:

—No solamente no vino, pero de allí a ocho días supe por nueva cierta que se había ausentado de su pueblo y llevado de casa de sus padres a una doncella de su lugar, hija de un principal caballero llamada Teodosia, doncella de extremada hermosura y de rara discreción; y por ser de tan nobles padres, se supo en mi pueblo el robo y luego llegó a mis oídos, y con él, la fría y temida lanza de los celos que me pasó el corazón y me abrasó el alma en fuego tal que en él se hizo ceniza mi honra y se consumió mi crédito, se secó mi paciencia y se acabó mi cordura. ¡Ay de mí desdichada! que luego se me figuró en la imaginación, Teodosia más hermosa que el Sol y más discreta que la discreción misma; y sobre todo más venturosa que yo sin ventura, leí luego las razones de la cédula, vilas firmes y valederas, y que no podían faltar en la fe que publicaban; y aunque a ellas (como a cosa sagrada) se acogiera mi esperanza, en cayendo en la cuenta de la sospechosa compañía que Marco Antonio levaba consigo, daba con todas ellas en el suelo. Maltraté mi rostro, arranqué mis cabellos, maldije mi suerte; y lo que más sentía era no poder hacer estos sacrificios a todas horas, por la forzosa presencia de mi padre. En fin, por acabar de quejarme sin impedimento o por acabar la vida, que es lo más cierto, determiné dejar la casa de mi padre. Y como para poner por obra un mal pensamiento parece que la ocasión facilita y allana todos los inconvenientes, sin temor alguno hurté a un paje de mi padre sus vestidos y a mi padre mucha cantidad de dineros, y una noche cubierta con su negra capa, salí de casa y a pie caminé algunas leguas y llegué a un lugar que se llama Osuna, y acomodándome en un carro de allí a dos días entré en Sevilla, que fue haber entrado en la seguridad posible para no ser hallada aunque me buscasen. Allí compré otros vestidos y una mula, y con unos caballeros que venían a Barcelona con prisa por no perder la comodidad de unas galeras que pasaban a Italia, caminé hasta ayer que me sucedió lo que ya habréis sabido de los bandoleros, que me quitaron cuanto traía, y entre otras cosas la joya que sustentaba mi salud y aliviaba la carga de mis trabajos que fue la cédula de Marco Antonio, que pensaba con ella pasar a Italia, y hallando a Marco Antonio, presentársela por testigo de su poca fe, y a mí por abono de mi mucha firmeza, y hacer de suerte que me cumpliese la promesa. Pero juntamente con esto he considerado que con facilidad negará las palabras que en un papel están escritas, el que niega las obligaciones que debían estar grabadas en el alma, que claro está que si él tiene en su compañía a la sin par Teodosia, no ha de querer mirar a la desdichada Leocadia; aunque con todo esto pienso morir, o ponerme en la presencia de los dos para que mi vista les turbe su sosiego. ¡No piense aquella enemiga de mi descanso gozar tan a poca costa lo que es mío! yo la buscaré, yo la hallaré y yo la quitaré la vida, si puedo.

—Pues ¿qué culpa tiene Teodosia —dijo Teodoro—, si ella quizá también fue engañada de Marco Antonio como vos señora Leocadia lo habéis sido?

—Puede ser eso así —dijo Leocadia—; si se la llevó consigo y estando juntos los que bien se quieren ¿qué engaño puede haber? Ninguno por cierto; ellos están contentos, pues están juntos, ora estén, como suele decirse, en los remotos y abrasados desiertos de Libia o en los solos y apartados de la helada Scitia. Ella le goza sin duda, sea donde fuere, y ella sola ha de pagar lo que he sentido, hasta que le halle.

—Podía ser que os engañásedes —replicó Teodosia—; que yo conozco muy bien a esa enemiga vuestra que decís y sé de su condición y recogimiento, que nunca ella se aventuraría a dejar la casa de sus padres, ni acudir a la voluntad de Marco Antonio; y cuando lo hubiese hecho, no conociéndoos ni sabiendo cosa alguna de lo que con él teníades, no os agravió en nada, y donde no hay agravio, no viene bien la venganza.

—Del recogimiento —dijo Leocadia— no hay que tratarme, que tan recogida y tan honesta era yo como cuantas doncellas hallarse pudieran, y con todo eso hice lo que habéis oído. De que él la llevase, no hay duda; y de que ella no me haya agraviado (mirándolo sin pasión) yo lo confieso; mas el dolor que siento de los celos, me la representa en la memoria; bien así como espada que atravesada tengo por mitad de las entrañas, y no es mucho que, como a instrumento que tanto me lastima, le procure arrancar dellas y hacerle pedazos. Cuanto más que prudencia es apartar de nosotros las cosas que nos dañan, y es natural cosa aborrecer las que nos hacen mal y aquellas que nos estorban el bien.

—Sea como vos decís, señora Leocadia —respondió Teodosia—, que así como veo que la pasión que sentís no os deja hacer más acertados discursos, veo que no estáis en tiempo de admitir consejos saludables. De mí os sé decir lo que ya os he dicho, que os he de ayudar y favorecer en todo aquello que fuere justo, y yo pudiere; y lo mismo os prometo de mi hermano, que su natural condición y nobleza no le dejarán hacer otra cosa. Nuestro camino es a Italia, si gustáredes venir con nosotros, ya poco más a menos sabéis el trato de nuestra compañía; lo que os ruego es, me deis licencia que diga a mi hermano lo que sé de vuestra hacienda, para que os trate con el comedimiento y respecto que se os debe, y para que se obligue a mirar por vos como es razón. Junto con esto me parece no ser bien que mudéis de traje; y si en este pueblo hay comodidad de vestiros, por la mañana os compraré los vestidos mejores que hubiere y que más os convengan, y en lo demás de vuestras pretensiones, dejad el cuidado al tiempo, que es gran maestro de dar y hallar remedio a los casos más desesperados.

Agradeció Leocadia a Teodosia, que ella pensaba ser Teodoro, sus muchos ofrecimientos, y diole licencia de decir a su hermano todo lo que quisiese, suplicándole que no la desamparase, pues veía a cuántos peligros estaba puesta, si por mujer fuese conocida. Con esto se despidieron y se fueron a acostar, Teodosia al aposento de su hermano y Leocadia a otro que junto dél estaba.

No se había aún dormido don Rafael, esperando a su hermana, por saber lo que le había pasado con el que pensaba ser mujer, y en entrando, antes que se acostase, se lo preguntó. La cual punto por punto le contó todo cuanto Leocadia le había dicho, cuya hija era, sus amores, la cédula de Marco Antonio y la intención que llevaba. Admiróse don Rafael y dijo a su hermana:

—Si ella es la que dice, séos decir, hermana, que es de las más principales de su lugar y una de las más nobles señoras de toda la Andalucía. Su padre es bien conocido del nuestro, y la fama que ella tenía de hermosa, corresponde muy bien a lo que ahora vemos en su rostro. Y lo que desto me parece es que debemos andar con recato, de manera que ella no hable primero con Marco Antonio que nosotros, que me da algún cuidado la cédula que dice que le hizo, puesto que la haya perdido; pero sosegaos y acostaos, hermana, que para todo se buscará remedio.

Hizo Teodosia lo que su hermano la mandaba, en cuanto al acostarse, mas en lo de sosegarse no fue en su mano, que ya tenía tomada posesión de su alma la rabiosa enfermedad de los celos. ¡Oh cuánto más de lo que ella era, se le representaba en la imaginación la hermosura de Leocadia y la deslealtad de Marco Antonio! ¡Oh cuántas veces leía, o fingía leer, la cédula que la había dado! ¡Qué de palabras y razones la añadía que la hacían cierta y de mucho efecto! ¿Cuántas veces no creyó que se le había perdido? Y ¡cuántas imaginó que sin ella Marco Antonio no dejara de cumplir su pro mesa, sin acordarse de lo que a ella estaba obligado! Pasósele en esto la mayor parte de la noche, sin dormir sueño. Y no la pasó con más descanso don Rafael, su hermano, porque así como oyó decir quién era Leocadia, así se le abrasó el corazón en sus amores, como si de muchos días antes para el mismo efecto la hubiera comunicado; que esta fuerza tiene la hermosura, que en un punto, en un momento, lleva tras sí el deseo de quien la mira la conoce; y cuando descubre o promete alguna vía de alcanzarse y gozarse, enciende con poderosa vehemencia el alma de quien la contempla, bien así del modo y facilidad con que se enciende la seca y dispuesta pólvora, con cualquiera centella que la toca. No la imaginaba atada al árbol ni vestida en el roto traje de varón, sino en el suyo de mujer y en casa de sus padres ricos, y de tan principal y rico linaje como ellos eran. No detenía, ni quería detener el pensamiento en la causa que la había traído a que la conociese, deseaba que el día llegase para proseguir su jornada y buscar a Marco Antonio, no tanto para hacerle su cuñado, como para estorbar que fuese marido de Leocadia, y ya le tenían el amor y el celo de manera que tomara por buen partido ver a su hermana sin el remedio que le procuraba, y a Marco Antonio sin vida, a trueco de no verse sin esperanza de alcanzar a Leocadia; la cual esperanza ya le iba prometiendo felice suceso en su deseo, o ya por el camino de la fuerza o por el de los regalos y buenas obras, pues para todo le daba lugar el tiempo y la ocasión.

Con esto que él a sí mismo se prometía, se sosegó algún tanto. Y de allí a poco se dejó venir el día y ellos dejaron las camas, y llamando don Rafael al huésped le preguntó si había comodidad en aquel pueblo para vestir a un paje a quien los bandoleros habían desnudado. El huésped dijo que él tenía un vestido razonable que vender; trájole, y vínole bien a Leocadia; págóle don Rafael y ella se le vistió y se ciñó una espada y una daga con tanto donaire y brío que en aquel mismo traje suspendió los sentidos de don Rafael y dobló los celos en Teodosia. Ensilló Calvete, y a las ocho del día partieron para Barcelona sin querer subir por entonces al famoso monasterio de Montserrat, dejándolo para cuando Dios fuese servido de volverlos con más sosiego a su patria.

No se podrá contar buenamente los pensamientos que los dos hermanos llevaban, ni con cuán diferentes ánimos los dos iban mirando a Leocadia, deseándola Teodosia la muerte y don Rafael la vida, entrambos celosos y apasionados. Teodosia buscando tachas que ponerla, por no desmayar en su esperanza, don Rafael hallándole perfecciones que de punto en punto le obligaron a más amarla. Con todo esto no se descuidaron de darse prisa, de modo que llegaron a Barcelona poco antes que el Sol se pusiese.

Admiróles el hermoso sitio de la ciudad y la estimaron por flor de las bellas ciudades del mundo, honra de España, temor y espanto de los circunvecinos y apartados enemigos, regalo y delicia de sus moradores, amparo de los extranjeros, escuela de la caballería, ejemplo de lealtad y satisfacción de todo aquello que de una grande, famosa, rica y bien fundada ciudad puede pedir un discreto y curioso deseo. En entrando en ella, oyeron grandísimo ruido y vieron correr gran tropel de gente con grande alboroto, y preguntando la causa de aquel ruido y movimiento, les respondieron que la gente de las galeras que estaban en la playa, se había revuelto y trabado con la de la ciudad. Oyendo lo cual, don Rafael quiso ir a ver lo que pasaba, aunque Calvete le dijo que no lo hiciese, por no ser cordura irse a meter en un manifiesto peligro, que él sabía bien cuán mal libraban los que en tales pendencias se metían, que eran ordinarias en aquella ciudad cuando a ella llegaban galeras. No fue bastante el buen consejo de Calvete para estorbar a don Rafael la ida, y así le siguieron todos.

Y en llegando a la marina, vieron muchas espadas fuera de las vainas y mucha gente acuchillándose sin piedad alguna. Con todo esto, sin apearse, llegaron tan cerca que distintamente veían los rostros de los que peleaban (porque aún no era puesto el Sol). Era infinita la gente que de la ciudad acudía, y mucha la que de las galeras se desembarcaba, puesto que el que las traía a cargo (que era un caballero valenciano llamado don Pedro Vique) desde la popa de la galera capitana, amenazaba a los que se habían embarcado en los esquifes para ir a socorrer a los suyos. Mas viendo que no aprovechaban sus voces, ni sus amenazas, hizo volver las proas de las galeras a la ciudad y disparar una pieza sin bala (señal de que si no se apartasen, otra no iría sin ella).

En esto estaba don Rafael atentamente mirando la cruel y bien trabada riña; y vio y notó que de parte de los que más se señalaban de las galeras, lo hacía gallardamente un mancebo de hasta veintidós o pocos más años, vestido de verde, con un sombrero de la misma color adornado con un rico trencillo, al parecer de diamantes; la destreza con que el mozo se combatía, y la bizarría del vestido, hacía que volviesen a mirarle todos cuantos la pendencia miraban; y de tal manera le miraron los ojos de Teodosia y de Leocadia que ambas a un mismo punto y tiempo, dijeron: «¡Válame Dios, o yo no tengo ojos, o aquel de lo verde es Marco Antonio!». Y en diciendo esto, con gran ligereza saltaron de las mulas, y poniendo mano a sus dagas y espadas, sin temor alguno se entraron por mitad de la turba, y se pusieron la una a un lado y la otra al otro de Marco Antonio (que él era el mancebo de lo verde que se ha dicho).

—No temáis —dijo así como llegó Leocadia—, señor Marco Antonio, que a vuestro lado tenéis quién os hará escudo con su propia vida por defender la vuestra.

—¿Quién lo duda —replicó Teodosia— estando yo aquí?

Don Rafael, que vio y oyó lo que pasaba, las siguió asimismo y se puso de su parte. Marco Antonio, ocupado en ofender y defenderse, no advirtió en las razones que las dos le dijeron; antes cebado en la pelea, hacía cosas, al parecer, increíbles. Pero como la gente de la ciudad por momentos crecía, fueles forzoso a los de las galeras retirarse hasta meterse en el agua. Retiré-base Marco Antonio de mala gana, y a su mismo compás se iban retirando a sus lados las dos valientes y nuevas Bradamante y Marfisa, o Hipólita y Pantasilea. En esto vino un caballero catalán de la famosa familia de los Cardonas, sobre un poderoso caballo y, poniéndose en medio de las dos partes, hacía retirar los de la ciudad, los cuales le tuvieron respecto en conociéndole. Pero algunos desde lejos tiraban piedras a los que ya se iban acogiendo al agua; y quiso la mala suerte que una acertase en la sien a Marco Antonio con tanta furia que dio con él en el agua, que ya le daba a la rodilla; y apenas Leocadia le vio caído, cuando se abrazó con él y le sostuvo en sus brazos, y lo mismo hizo Teodosia. Estaba don Rafael un poco desviado, defendiéndose de las infinitas piedras que sobre él llovían; y queriendo acudir al remedio de su alma y al de su hermana y cuñado, el caballero catalán se le puso delante, diciéndole:

—Sosegaos, señor, por lo que debéis a buen soldado, y hacedme merced de poneros a mi lado que yo os libraré de la insolencia y demasía deste desmandado vulgo.

—Ah, señor —respondió don Rafael—, dejadme pasar, que veo en gran peligro puestas las cosas que en esta vida más quiero.

Dejóle pasar el caballero, mas no llegó tan a tiempo que ya no hubiese recogido en el esquife de la galera capitana a Marco Antonio y a Leocadia que jamás le dejó de los brazos y queriéndose embarcar con ellos Teodosia o ya fuese por estar cansada, o por la pena de haber visto herido a Marco Antonio, o por ver que se iba con él su mayor enemiga, no tuvo fuerzas para subir en el esquife, y sin duda cayera desmayada en el agua si su hermano no llegara a tiempo de socorrerla, el cual no sintió menor pena de ver que con Marco Antonio se iba Leocadia, que su hermana había sentido (que ya también él había conocido a Marco Antonio).

El caballero catalán, aficionado de la gentil presencia de don Rafael y de su hermana (que por hombre tenía), los llamó desde la orilla y les rogó que con él se viniesen; y ellos forzados de la necesidad, y temerosos de que la gente, que aún no estaba pacífica, les hiciese algún agravio, hubieron de aceptar la oferta que se les hacía. El caballero se apeó, y tomándolos a su lado, con la espada desnuda, pasó por medio de la turba alborotada, rogándoles que se retirasen, y así lo hicieron. Miró don Rafael a todas partes por ver si vería a Calvete con las mulas, y no le vio, a causa que él así como ellos se apearon, las antecogió y se fue a un mesón donde solía posar otras veces.

Llegó el caballero a su casa, que era una de las principales de la ciudad y, preguntando a don Rafael en cuál galera venía, le respondió que en ninguna, pues había llegado a la ciudad al mismo punto que se comenzaba la pendencia, y que por haber conocido en ella al caballero que llevaron herido de la pedrada en el esquife, se había puesto en aquel peligro, y que le suplicase diese orden como sacasen a tierra al herido, que en ello le importaba el contento y la vida.

—Eso haré yo de buena gana —dijo el caballero— y sé que me le dará seguramente el general que es principal caballero y pariente mío.

Y sin detenerse más, volvió a la galera y halló que estaban curando a Marco Antonio, y la herida que tenía era peligrosa, por ser en la sien izquierda, y decir el cirujano ser de peligro, alcanzó con el general se le diese para curarle en tierra, y puesto con gran tiento en el esquife, le sacaron sin quererle dejar Leocadia, que se embarcó con él como en seguimiento del norte de su esperanza. En llegando a tierra hizo el caballero traer de su casa una silla de manos, donde le llevasen. En tanto que esto pasaba, había enviado don Rafael a buscar a Calvete que en el mesón estaba con cuidado de saber lo que la suerte había hecho de sus amos; y cuando supo que estaban buenos, se alegró en extremo y vino adonde don Rafael estaba.

En esto llegaron el señor de la casa, Marco Antonio y Leocadia, y a todos alojó en ella con mucho amor y magnificencia. Ordenó luego como se llamase un cirujano famoso de la ciudad para que de nuevo curase a Marco Antonio; vino, pero no quiso curarle hasta otro día, diciendo que siempre los cirujanos de los ejércitos y armadas eran muy experimentados, por los muchos heridos que a cada paso tenían entre las manos, y así no convenía curarle hasta otro día. Lo que ordenó fue le pusiesen en un aposento abrigado donde le dejasen sosegar. Llegó en aquel instante el cirujano de las galeras y dio cuenta al de la ciudad de la herida y de cómo la había curado, y del peligro que de la vida, a su parecer, tenía el herido; con lo cual se acabó de enterar el de la ciudad que estaba bien curado. Y asimismo (según la relación que se le había hecho) exageró el peligro de Marco Antonio. Oyeron esto Leocadia y Teodosia con aquel sentimiento que si oyeran la sentencia de su muerte, mas por no dar muestras de su dolor, le reprimieron y callaron, y Leocadia determinó de hacer lo que le pareció convenir para satisfacción de su honra; y fue que así como se fueron los cirujanos, se entró en el aposento de Marco Antonio y, delante del señor de la casa, de don Rafael, Teodosia y de otras personas, se llegó a la cabecera del herido y, asiéndole de la mano, le dijo estas razones:

—No estáis en tiempo, señor Marco Antonio Adorno, en que se puedan, ni deban gastar con vos muchas palabras, y así solo querría que me oyésedes algunas que convienen, sino para la salud de vuestro cuerpo, convendrán para la de vuestra alma, y para decíroslas es menester que me deis licencia y me advirtáis, si estáis con sujeto de escucharme, que no sería razón que habiendo yo procurado desde el punto que os conocí, no salir de vuestro gusto, en este instante, que le tengo por el postrero, seros causa de pesadumbre.

A estas razones abrió Marco Antonio los ojos y los puso atentamente en el rostro de Leocadia, y habiéndola casi conocido más por el órgano de la voz que por la vista, con voz debilitada y doliente le dijo:

—Decid, señor, lo que quisiéredes, que no estoy tan al cabo que no pueda escucharos, ni esa voz me es tan desagradable que me cause fastidio el oírla.

Atentísima estaba a todo este coloquio Teodosia, y cada palabra que Leocadia decía era una aguda saeta que le atravesaba el corazón y aun el alma de don Rafael, que asimismo la escuchaba. Y prosiguiendo, Leocadia dijo:

—Si el golpe de la cabeza (o por mejor decir, el que a mí me han dado en el alma) no os ha llevado señor Marco Antonio de la memoria la imagen de aquella, que poco tiempo hace, que vos decíades ser vuestra gloria y vuestro cielo, bien os debéis acordar quién fue Leocadia, y cuál fue la palabra que le distes firmada en una cédula de vuestra mano y letra, ni se os habrá olvidado el valor de sus padres, la entereza de su recato y honestidad, y la obligación en que le estáis, por haber acudido a vuestro gusto en todo lo que quisisteis. Si esto no se os ha olvidado, aunque me veáis en este traje tan diferente, conoceréis con facilidad que yo soy Leocadia, que temerosa que nuevos accidentes y nuevas ocasiones no me quitasen lo que tan justamente es mío, así como supe que de vuestro lugar os habíades partido, atropellando por infinitos inconvenientes, determiné seguiros en este hábito, con intención de buscaros por todas las partes de la tierra, hasta hallaros; de lo cual no os debéis maravillar si es que alguna vez habéis sentido hasta dónde llegan las fuerzas de un amor verdadero, y la rabia de una mujer engañada. Algunos trabajos he pasado en esta mi demanda, todos los cuales los juzgo y tengo por descanso con el descuento que han traído de veros, que puesto que estéis de la manera que estáis, si fuere Dios servido de llevaros désta a mejor vida, con hacer lo que debéis a quien sois antes de la partida, me juzgaré por más que dichosa, prometiéndoos, como os prometo, de darme tal vida después de vuestra muerte que bien poco tiempo se pase sin que os siga en esta última y forzosa jornada; y así os ruego primeramente por Dios (a quien mis deseos y intentos van encaminados), luego por vos (que debéis mucho a ser quien sois), últimamente por mí, a quien debéis más que a otra persona del mundo, que aquí luego me recibáis por vuestra legítima esposa, no permitiendo haga la justicia lo que con tantas veras y obligaciones la razón os persuade.

No dijo más Leocadia, y todos los que en la sala estaban guardaron un maravilloso silencio en tanto que estuvo hablando. Y con el mismo silencio esperaban la respuesta de Marco Antonio, que fue ésta:

—No puedo negar, señora, el conoceros, que vuestra voz y vuestro rostro no consentirán que lo niegue. Tampoco puedo negar lo mucho que os debo, ni el gran valor de vuestros padres, junto con vuestra incomparable honestidad y recogimiento, ni os tengo, ni os tendré en menos por lo que habéis hecho en venirme a buscar en traje tan diferente del vuestro; antes por esto os estimo, y estimaré en el mayor grado que ser pueda. Pero pues mi corta suerte me ha traído a término (como vos decís) que creo que será el postrero de mi vida, y son los semejantes trances los apurados de las verdades, quiero deciros una verdad, que si no os fuere ahora de gusto, podría ser que después os fuese de provecho. Confieso, hermosa Leocadia, que os quise bien y me quisisteis, y juntamente con esto confieso que la cédula que os hice fue más por cumplir con vuestro deseo que con el mío; porque antes que la firmase, con muchos días tenía entregada mi voluntad y mi alma a otra doncella de mí mismo lugar, que vos bien conocéis, llamada Teodosia, hija de tan nobles padres como los vuestros; y si a vos os di cédula firmada de mi mano, a ella le di la mano firmada y acreditada con tales obras y testigos que quedé imposibilitado de dar mi libertad a otra persona en el mundo. Los amores que con vos tuve fueron de pasatiempo sin que dellos alcanzase otra cosa sino las flores que vos sabéis, las cuales no os ofendieron, ni pueden ofender en cosa alguna. Lo que con Teodosia me pasó, fue alcanzar el fruto que ella pudo darme, y yo quise que me diese, con fe y seguro de ser su esposo, como lo soy. Y si a ella y a vos os dejé en un mismo tiempo, a vos suspensa y engañada, y a ella temerosa y a su parecer sin honra. Hícelo con poco discurso y con juicio de mozo, como lo soy, creyendo que todas aquellas cosas eran de poca importancia, y que las podía hacer sin escrúpulo alguno; con otros pensamientos que entonces me vinieron y solicitaron lo que quería hacer que fue venirme a Italia y emplear en ella algunos de los años de mi juventud, y después volver a ver lo que Dios había hecho de vos y de mi verdadera esposa. Mas doliéndose de mí el cielo, sin duda creo que ha permitido ponerme de la manera que me veis para que, confesando estas verdades nacidas de mis muchas culpas, pague en esta vida lo que debo, y vos quedéis desengañada y libre, para hacer lo que mejor os pareciere. Y si en algún tiempo Teodosia supiere mi muerte, sabrá de vos y de los que están presentes, como en la muerte, le cumplí la palabra que le di en la vida. Y si en el poco tiempo que de ella me queda, señora Leocadia, os puedo servir en algo, decídmelo que como no sea recibirás por esposa, pues no puedo, ninguna cosa dejaré de hacer que a mí sea posible, por daros gusto.

En tanto que Marco Antonio decía estas razones, tenía la cabeza sobre el codo, y en acabándolas dejó caer el brazo dando muestras que se desmayaba. Acudió luego don Rafael y abrazándole estrechamente le dijo:

—Volved en vos, señor mío, y abrazad a vuestro amigo y a vuestro hermano, pues vos queréis que lo sea. Conoced a don Rafael vuestro camarada, que será el verdadero testigo de vuestra voluntad y de la merced que a su hermana queréis hacer con admitirla por vuestra.

Volvió en sí Marco Antonio y al momento conoció a don Rafael y, abrazándole estrechamente y besándole en el rostro, le dijo:

—Ahora digo, hermano y señor mío, que la suma alegría que he recibido en veros no puede traer menos descuento que un pesar grandísimo, pues se dice que tras el gusto se sigue la tristeza; pero yo daré por bien empleada cualquiera que me viniere, a trueco de haber gustado del contento de veros.

—Pues yo os le quiero hacer más cumplido —replicó don Rafael— con presentaros esta joya que es vuestra amada esposa.

Y buscando a Teodosia la halló llorando detrás de toda la gente, suspensa y atónita entre el pesar y la alegría, por lo que veía y por lo que había oído decir. Asióla su hermano de la mano, y ella sin hacer resistencia se dejó llevar donde él quiso, que fue ante Marco Antonio, que la conoció y se abrazó con ella llorando los dos tiernas y amorosas lágrimas.

Admirados quedaron cuantos en la sala estaban viendo tan extraño acontecimiento; mirábanse unos a otros sin hablar palabra, esperando en qué habían de parar aquellas cosas. Mas la desengañada y sin ventura Leocadia que vio por sus ojos lo que Marco Antonio hacía, y vio al que pensaba ser hermano de don Rafael en brazos del que tenía por su esposo, viendo del que tenía por su esposo, viendo junto con esto burlados sus deseos y perdidas sus esperanzas, se hurtó de los ojos de todos (que atentos estaban mirando lo que el enfermo hacía con el paje que abrazado tenía) y se salió de la sala, o aposento, y en un instante se puso en la calle, con intención de irse desesperada por el mundo o adonde gentes no la viesen; mas apenas había llegado a la calle, cuando don Rafael le echó de menos y, como si le faltara el alma, preguntó por ella y nadie le supo dar razón dónde se había ido. Y así, sin esperar más, desesperado salió a buscarla, y acudió adonde le dijeron que posaba Calvete, por si había ido allá a procurar alguna cabalgadura en que irse; y no hallándola allí, andaba como loco por las calles buscándola, y de unas partes a otras; y pensando si por ventura se había vuelto a las galeras llegó a la marina, y un poco antes que llegase oyó que a grandes voces llamaban desde tierra el esquife de la capitana, y conoció que quien las daba era la hermosa Leocadia, la cual recelosa de algún desmán, sintiendo pasos a sus espaldas, empuñó la espada y esperó apercibida que llegase don Rafael, a quien ella luego conoció y le pesó de que la hubiese hallado, y más en parte tan sola que ya ella había entendido por más de una muestra que don Rafael la había dado que no la quería mal, sino tan bien que tomara por buen partido que Marco Antonio la quisiera otro tanto.

¿Con qué razones podré yo decir ahora las que don Rafael dijo a Leocadia? declarándole su alma, que fueron tantas y tales que no me atrevo a escribirlas, mas pues es forzoso decir algunas, las que entre otras le dijo, fueron éstas:

—Si con la ventura que me falta me faltase ahora (¡oh hermosa Leocadia!) el atrevimiento de descubriros los secretos de mi alma quedaría enterrada en los senos del perpetuo olvido, la más enamorada y honesta voluntad que ha nacido, ni puede nacer en un enamorado pecho. Pero por no hacer este agravio a mi justo deseo (véngame lo que viniere) quiero, señora, que advirtáis (si es que os da lugar vuestro arrebatado pensamiento) que en ninguna cosa se me aventaja Marco Antonio, sino en el bien de ser de vos querido. Mi linaje es tan bueno como el suyo, y en los bienes que llaman de fortuna no me hace mucha ventaja; en os de naturaleza me conviene que me alabe, y más si a los ojos vuestros no son de estima. Todo esto digo, apasionada señora, porque toméis el remedio y el medio que la suerte os ofrece en el extremo de vuestra desgracia. Ya veis, que Marco Antonio no puede ser vuestro porque el cielo le hizo de mi hermana. Y el mismo cielo que hoy os ha quitado a Marco Antonio os quiere hacer recompensa conmigo, que no deseo otro bien en esta vida que entregarme por esposo vuestro. Mirad, que el buen suceso está llamando a las puertas del malo que hasta ahora habéis tenido; y no penséis que el atrevimiento que habéis mostrado en buscar a Marco Antonio, ha de ser parte para que no os estime y tenga en lo que mereciérades, si nunca le hubiérades tenido, que en la hora que quiero y determino igualarme con vos (eligiéndoos por perpetua señora mía) en aquella misma se me ha de olvidar, y ya se me ha olvidado, todo cuanto en esto he sabido y visto; que bien sé que las fuerzas que a mí me han forzado, a que tan de rondón y a rienda suelta me disponga a adoraros y a entregarme por vuestro, esas mismas os han traído a vos al estado en que estáis, y así no habrá necesidad de buscar disculpa donde no ha habido yerro alguno.

Callando estuvo Leocadia a todo cuanto don Rafael le dijo, sino que de cuando en cuando daba unos profundos suspiros, salidos de lo íntimo de sus entrañas. Tuvo atrevimiento don Rafael de tomarle una mano y ella no tuvo esfuerzo para estorbárselo, y así besándosela muchas veces le decía:

—Acabad, señora de mi alma, de serlo del todo a vista destos estrellados cielos que nos cubren, y deste sosegado mar que nos escucha, y destas bañadas arenas que nos sustentan. Dadme ya el sí, que sin duda conviene tanto a vuestra honra como a mi contento. Vuélvoos a decir que soy caballero como vos sabéis, y rico, y que os quiero bien (que es lo que más habéis de estimar) y que en cambio de hallaros sola y en traje que desdice mucho del de vuestra honra, lejos de la casa de vuestros padres y parientes, sin persona que os acuda a lo que menester hubiéredes, y sin esperanza de alcanzar lo que buscábades. Podéis volver a vuestra patria en vuestro propio, honrado y verdadero traje, acompañada de tan buen esposo como el que vos supisteis escogeros, rica, contenta, estimada y servida, y aun loada de todos aquellos a cuya noticia llegaren los sucesos de vuestra historia. Si esto es así, como lo es, no sé en qué estáis dudando. Acabad (que otra vez os lo digo) de levantarme del suelo de mi miseria al cielo del mereceros, que en ello haréis por vos misma, y cumpliréis con las leyes de la cortesía y del buen conocimiento, mostrándoos en un mismo punto agradecida y discreta.

—Ea pues —dijo a esta sazón la dudosa Leocadia—; pues así lo ha ordenado el cielo y no es en mi mano ni en la de viviente alguno oponerse a lo que él determinado tiene, hágase lo que él quiere y vos queréis, señor mío; y sabe el mismo cielo con la vergüenza que vengo a condescender con vuestra voluntad, no porque no entienda lo mucho que en obedeceros gano, sino porque temo que en cumpliendo vuestro gusto me habéis de mirar con otros ojos de los que quizá hasta ahora, mirándome, os han engañado. Mas sea como fuere que, en fin, el nombre de ser mujer legítima de don Rafael de Villavicencio no se podía perder; y con este título solo viviré contenta. Y si las costumbres que en mí viéredes (después de ser vuestra) fueren parte para que me estiméis en algo, daré al cielo las gracias de haberme traído por tan extraños rodeos y por tantos males, a los bienes de ser vuestra. Dadme, señor don Rafael, la mano de ser mío y veis aquí os la doy de ser vuestra, y sirvan de testigo los que vos decís, el cielo, la mar, las arenas y este silencio solo interrumpido de mis suspiros y de vuestros ruegos.

Diciendo esto, se dejó abrazar y le dio la mano, y don Rafael le dio la suya, celebrando el nocturno y nuevo desposorio solas las lágrimas que el contento (a pesar de la pasada tristeza) sacaba de sus ojos. Luego se volvieron a casa del caballero, que estaba con grandísima pena de su falta, y lo mismo tenían Marco Antonio y Teodosia; los cuales ya por mano de clérigo estaban desposados, que a persuasión de Teodosia (temerosa que algún contrario accidente no le turbase el bien que había hallado), el caballero envió luego por quien los desposase, de modo que, cuando don Rafael y Leocadia entraron, y don Rafael contó lo que con Leocadia le había sucedido, así les aumentó el gozo como si ellos fueran sus cercanos parientes (que es condición natural y propia de la nobleza catalana, saber ser amigos y favorecer a los extranjeros que dellos tienen necesidad alguna).

El sacerdote, que presente estaba, ordenó que Leocadia mudase el hábito y se vistiese en el suyo; y el caballero acudió a ello con presteza, vistiendo a las dos de dos ricos vestidos de su mujer, que era una principal señora del linaje de los Granolleques, famoso y antiguo en aquel reino. Avisó al cirujano (quien por caridad se dolía del herido) como hablaba mucho, y no le dejaban solo; el cual vino y ordenó lo que primero, que fue que le dejasen en silencio. Pero Dios, que así lo tenía ordenado, tomando por medio e instrumento de sus obras (cuando a nuestros ojos quiere hacer alguna maravilla) lo que la misma naturaleza no alcanza, ordenó que el alegría y poco silencio que Marco Antonio había guardado, fuese parte para mejorarle, de manera que otro día, cuando le curaron, le hallaron fuera de peligro; y de allí a catorce se levantó tan sano que sin temor alguno se pudo poner en camino.

Es de saber que en el tiempo que Marco Antonio estuvo en el lecho, hizo voto (si Dios le sanase) de ir en romería a pie a Santiago de Galicia en cuya promesa le acompañaron don Rafael, Leocadia y Teodosia, y aun Calvete el mozo de mulas (obra pocas veces usada de los de oficios semejantes). Pero la bondad y llaneza que había conocido en don Rafael le obligó a no dejarle hasta que volviese a su tierra; y viendo que habían de ir a pie, como peregrinos, envió las mulas a Salamanca (con la que era de don Rafael) que no faltó con quien enviarlas. Llegóse pues el día de la partida y, acomodados de sus esclavinas y de todo lo necesario, se despidieron del liberal caballero, que tanto les había favorecido y agasajado, cuyo nombre era don Sancho de Cardona, ilustrísimo por sangre y famoso por su persona; ofreciéronsele todos de guardar perpetuamente, ellos y sus descendientes (a quien se lo dejarían mandado), la memoria de las mercedes tan singulares dél recibidas, para agradecelles siquiera, ya que no pudiesen servirlas. Don Sancho los abrazó a todos, diciéndoles que de su natural condición nacía hacer aquellas obras u otras que fuesen buenas a todos los que conocía o imaginaba ser hidalgos castellanos. Reiteráronse dos veces los abrazos y con alegría mezclada con algún sentimiento triste se despidieron, y caminando con la comodidad que permitía la delicadeza de las dos nuevas peregrinas, en tres días llegaron a Montserrat, y estando allí otros tantos (haciendo lo que a buenos y católicos cristianos debían) con el mismo espacio volvieron a su camino. Y sin suce- derles revés ni desmán alguno llegaron a Santiago. Y después de cumplir su voto (con la mayor devoción que pudieron), no quisieron dejar el hábito de peregrinos hasta entrar en sus casas, a las cuales llegaron poco a poco, descansados y contentos; mas antes que llegasen, estando a vista del lugar de Leocadia (que como se ha dicho, era una legua del de Teodosia) desde encima de un recuesto los descubrieron a entrambos, sin poder encubrir las lágrimas que el contento de verlos les trajo a los ojos, a lo menos a las dos desposadas, que con su vista renovaron la memoria de los pasados sucesos.

Descubríase desde la parte donde estaban, un ancho valle que los dos pueblos dividía, en el cual vieron a la sombra de un olivo un dispuesto ca- ballero sobre un poderoso caballo con una blanquísima adarga en el brazo izquierdo y una gruesa y larga lanza terciada en el derecho; y mirándole con atención, vieron que asimismo por entre unos olivares venían otros dos caballeros con las mismas armas, y con el mismo donaire y apostura, y de allí a poco vieron que se juntaron todos tres; y habiendo estado un pequeño espacio juntos, se apartaron, y uno de los que a lo último habían venido se apartó con el que estaba primero debajo del olivo; los cuales, poniendo las espuelas a los caballos, arremetieron el uno al otro con muestras de ser mor- tales enemigos, comenzando a tirarse bravos y diestros botes de lanza, ya hurtando los golpes, ya recogiéndolos en las adargas con tanta destreza que daban bien a entender ser maestros en aquel ejercicio. El tercero los estaba mirando, sin moverse de un lugar; mas no pudiendo don Rafael sufrir estar tan lejos, mirando aquella tan reñida y singular batalla, a todo correr bajó del recuesto, siguiéndole su hermana y su esposa, y en poco espacio se puso junto a los dos combatientes, a tiempo que ya los dos caballeros andaban algo heridos y habiéndosele caído al uno el sombrero, y con él un casco de acero. Al volver el rostro conoció don Rafael ser su padre, y Marco Antonio conoció que el otro era el suyo; Leocadia, que con atención había mirado al que no se combatía, conoció que era el padre que la había engendrado, de cuya vista todos cuatro suspensos, atónitos y fuera de sí quedaron; pero dando el sobresalto lugar al discurso de la razón, los dos cuñados, sin detenerse, se pusieron en medio de los que peleaban, diciendo a voces:

—¡No más caballeros! ¡no más! que los que esto os piden, y suplican son vuestros propios hijos; yo soy Marco Antonio, padre y señor mío —decía Marco Antonio— yo soy aquel por quien, a lo que imagino, están vuestras canas venerables puestas en este riguroso trance. Templad la furia y arrojad la lanza, o volvedla contra otro enemigo que el que tenéis delante ya de hoy más ha de ser vuestro hermano.

Casi estas mismas razones decía don Rafael a su padre, a las cuales se detuvieron los caballeros y atentamente se pusieron a mirar a los que se las decían y, volviendo la cabeza, vieron que don Enrique, el padre de Leocadia, se había apeado y estaba abrazado con el que pensaban ser peregrino; y era que Leocadia se había llegado a él y, dándosele a conocer le rogó que pusiese en paz a los que se combatían, contándole en breves razones cómo don Rafael era su esposo y Marco Antonio lo era de Teodosia. Oyendo esto su padre, se apeó y la tenía abrazada, como se ha dicho; pero dejándola, acudió a ponerlos en paz, aunque no fue menester, pues ya los dos habían conocido a sus hijos, y estaban en el suelo, teniéndolos abrazados, llorando todos lágrimas de amor y de contento nacidas. Juntáronse todos y volvieron a mirar a sus hijos, y no sabían qué decirse. Atentábanles los cuerpos, por ver si eran fantásticos, que su improvisa llegada ésta y otras sospechas engendraba; pero desengañados algún tanto, volvieron a las lágrimas y a los abrazos. Y en esto, asomó por el mismo valle gran cantidad de gente armada, de a pie y de a caballo, los cuales venían a defender al caballero de su lugar. Pero como llegaron, y los vieron abrazados de aquellos peregrinos, y preñados los ojos de lágrimas se apearon y admiraron, estando suspensos, hasta tanto que don Enrique les dijo brevemente lo que Leocadia su hija le había contado. Todos fueron a abrazar a los peregrinos con muestras de contento, tales que no se pueden encarecer. Don Rafael de nuevo contó a todos, con la brevedad que el tiempo requería, todo el suceso de sus amores, y de cómo venía casado con Leocadia y su hermana Teodosia con Marco Antonio, nuevas que de nuevo causaron nueva alegría. Luego de los mismos caballos de la gente que llegó al socorro tomaron los que hubieron menester para los cinco peregrinos, y acordaron de irse al lugar de Marco Antonio, ofreciéndoles su padre de hacer allí las bodas de todos; y con este parecer se partieron; y algunos de los que se habían hallado presentes se adelantaron a pedir albricias a los parientes y amigos de los desposados. En el camino supieron don Rafael y Marco Antonio la causa de aquella pendencia, que fue que el padre de Teodosia y el de Leocadia habían desafiado al padre de Marco Antonio, en razón de que él había sido sabedor de los engaños de su hijo, y habiendo venido los dos, y hallándole solo, no quisieron combatirse con alguna ventaja, sino uno a uno, como caballeros, cuya pendencia parara en la muerte de uno o en la de entrambos si ellos no hubieran llegado.

Dieron gracias a Dios los cuatro peregrinos del suceso felice. Y otro día, después que llegaron, con real y espléndida magnificencia y suntuoso gasto, hizo celebrar el padre de Marco Antonio las bodas de su hijo y Teodosia, y las de don Rafael y de Leocadia; los cuales luengos y felices años vivieron en compañía de sus esposas, dejando de sí ilustre generación y descendencia que hasta hoy dura en estos dos lugares, que son de los mejores de la Andalucía; y si no se nombran, es por guardar el decoro a las dos doncellas, a quien quizá las lenguas maldicientes, o neciamente escrupulosas, les eran cargo de la ligereza de sus deseos y el súbito mudar de trajes; a los cuales ruego que no se arrojen a vituperar semejantes libertades hasta que miren en sí, si alguna vez han sido tocados destas que llaman flechas de Cupido, que en efecto es una fuerza (si así se puede llamar) incontrastable que hace el apetito a la razón.

Calvete el mozo de mulas se quedó con la mula que de don Rafael había enviado a Salamanca y con otras muchas dádivas que los dos desposados le dieron; y los poetas de aquel tiempo tuvieron ocasión donde emplear sus plumas, exagerando la hermosura y los sucesos de las dos tan atrevidas, cuanto honestas doncellas, sujeto principal deste extraño suceso.

Libros a la carta

A la carta es un servicio especializado para

empresas,

librerías,

bibliotecas,

editoriales

y centros de enseñanza;

y permite confeccionar libros que, por su formato y concepción, sirven a los propósitos más específicos de estas instituciones.

Las empresas nos encargan ediciones personalizadas para marketing editorial o para regalos institucionales. Y los interesados solicitan, a título personal, ediciones antiguas, o no disponibles en el mercado; y las acompañan con notas y comentarios críticos.

Las ediciones tienen como apoyo un libro de estilo con todo tipo de referencias sobre los criterios de tratamiento tipográfico aplicados a nuestros libros que puede ser consultado en Linkgua-ediciones.com.

Linkgua edita por encargo diferentes versiones de una misma obra con distintos tratamientos ortotipográficos (actualizaciones de carácter divulgativo de un clásico, o versiones estrictamente fieles a la edición original de referencia).

Este servicio de ediciones a la carta le permitirá, si usted se dedica a la enseñanza, tener una forma de hacer pública su interpretación de un texto y, sobre una versión digitalizada «base», usted podrá introducir interpretaciones del texto fuente. Es un tópico que los profesores denuncien en clase los desmanes de una edición, o vayan comentando errores de interpretación de un texto y esta es una solución útil a esa necesidad del mundo académico.

Asimismo publicamos de manera sistemática, en un mismo catálogo, tesis doctorales y actas de congresos académicos, que son distribuidas a través de nuestra Web.

El servicio de «libros a la carta» funciona de dos formas.

1. Tenemos un fondo de libros digitalizados que usted puede personalizar en tiradas de al menos cinco ejemplares. Estas personalizaciones pueden ser de todo tipo: añadir notas de clase para uso de un grupo de estudiantes,

introducir logos corporativos para uso con fines de marketing empresarial, etc. etc.

2. Buscamos libros descatalogados de otras editoriales y los reeditamos en tiradas cortas a petición de un cliente.